AINSI

Yann Andréa est né en 1952. Il a frappé à la porte de Marguerite Duras l'été 1980 à Trouville, après lui avoir adressé d'innombrables lettres pendant cinq ans. Ils ne se sont plus quittés pendant seize ans.
Yann Andréa est également l'auteur de *M. D.* (Editions de Minuit, 1983).

Paru dans Le Livre de Poche :

CET AMOUR-LÀ

YANN ANDRÉA

Ainsi

PAUVERT

à Gérard L.

Tout pourrait s'arrêter ici, dans cette maison à l'Est de Paris, oui, tout pourrait s'arrêter dans cette chambre où je suis, à cette table de bois clair, devant les hautes fenêtres qui ouvrent sur ce fleuve,

la Seine.

Ainsi assis à cette table.

Seul le regard voit les arbres noirs, les nuages dans le ciel, le passage du vent, la pluie survenir et faire le ciel sombre et gris-bleu. La pluie reste dehors, la pluie n'entre pas dans la chambre où je suis.

Prêt à tout.

Et déjà c'est presque trop, déjà presque encombrant, déjà presque trop d'émotion.

Il se pourrait que je reste ainsi assis à la table de bois, à ne pas écrire, à ne pas chercher les mots, à ne pas faire l'effort de déranger la tranquillité de l'immobilité.

Etre ici et voir devant moi ce qui arrive.

Le changement de la lumière.

Voir comment les particules de l'air se

modifient, comment elles se combinent, se font et se défont dans l'air du temps qui passe devant mes yeux.

Comment le bleu surgit et s'installe partout sur le ciel et sur la terre.

Etre là seulement, se laisser aller à la lumière du jour, celle du matin qui va jusqu'à celle du soir. La lumière bleu nuit du soir et puis la lumière noire de la nuit. Laisser se dérouler le temps avec moi qui vois le temps et qui serais cependant en lui, avec lui. Le laisser aller à lui-même le temps de la lumière.

De cette chambre ouverte sur le jardin, au bord du fleuve qui traverse l'Ile-de-France, je regarde l'eau qui va rejoindre les autres fleuves de France, les fleuves de l'Europe et puis tous les fleuves du monde.

Le Gange partout mon amour.

Oui ce fleuve. Ces fleuves souterrains qui apparaissent parfois devant nos yeux, ici par exemple, ces fleuves qui traversent le monde et qu'il nous faudrait traverser. Toujours aller d'une rive à l'autre, toujours un pont à franchir, une courbure qui nous transporte d'un continent à l'autre. La Seine. Le Danube. Ou encore la Loire, les peupliers de la Loire, comment pourrait-on oublier l'événement des peupliers qui bordent l'eau, la douceur du balancement, la hauteur près du ciel qui ploie au gré du vent, de la pluie, du soleil.

Comment oublier, en effet.

Il y a inévitablement un fleuve à traverser pour rejoindre une terre, une autre île.

Le même fleuve, partout dans le monde.

Ce voyage immobile, je le fais ici, dans cette chambre, assis à cette table, devant cette machine à écrire avec clavier blanc.

Et ainsi vous vous séparez du temps. Vous commencez l'oubli de moi. Vous le savez à peine, vous êtes même porté à croire le contraire.

Ainsi je suis davantage encore séparé, seul à regarder la modification de la lumière, à me laisser emporter dans le temps qui passe.
Ne pas savoir.
Rien.
Ne pas chercher.

Tout pourrait s'arrêter ici, en ce jour du douze décembre 1999, alors qu'il pleut, alors que je vais bien, alors que rien ne peut m'arriver, rien de mal, rien de fâcheux, alors que je suis dans l'état d'une bêtise nouvelle.

Alors oui, tout peut s'arrêter, tout pourrait cesser. Et cependant pas.

Cependant je continue, je ne peux pas faire autrement, occuper le temps, occuper la vie, continuer encore à regarder la succession des jours et des nuits, l'Est et l'Ouest, et le Nord et le Sud. Les points cardinaux du monde.

Vous aimer ainsi pour rien. Mon amour qui se transporte au gré des fleuves, oui, il le faut, vous aimer.

Essayer de penser.

Essayer d'oublier les modalités de nos existences, la peine, les larmes dans nos yeux, les larmes de nos corps, oublier la difficulté de marcher, d'aller, d'avancer. Il me faudrait oublier et pour ainsi dire : penser à vous.

Il y a toujours une histoire possible.

Non, pas une histoire, des millions d'histoires, des tentatives partout dans le monde pour trouver la solution d'occuper le temps, comment faire avec lui. Et pourtant, on le sait, la seule histoire vraie serait celle de l'unique amour.

Oui. Un seul mot : l'unique-amour. Y revenir. Y insister. En faire une pensée de vous, dans ce mouvement qui regarderait sans voir la modification de la lumière, le bleu du monde.

Oui, soudain ce bleu.

Cette couleur bleue qui insiste.

Ne vous détournez pas de moi, je vous en supplie, voyez mon regard qui veut encore vous voir, toucher votre visage, qui veut vous atteindre pour mieux vous laisser, mieux vous quitter. Laissez-vous faire, ne faites rien, ne faisons rien, soyons moi ici et vous là-bas. Je pense à vous et je vous réunis ainsi à moi. Moi qui regarde depuis la chambre ouverte sur le fleuve la lumière du ciel.

Faites ce qui arrive, cela n'a aucune importance. Faites ce qui est nécessaire à toute histoire. Je suis là sans vous et ainsi je peux me tenir dans la proximité du temps de votre existence.

Dans les allées du Jardin on pourrait encore marcher, regarder les arbres noirs de ce mois de décembre, regarder les enfants occupés par la seule innocence d'être dans le jardin à jouer sans rien voir de nous. Oui, on pourrait marcher l'un et l'autre dans les allées tracées, ne pas se regarder, ce n'est pas la peine puisque l'on sait que nous sommes, vous et moi, dans ce jardin de toujours. Et quand je vous raccompagne vers les grilles ouvertes et quand vous quittez le périmètre surveillé, quand je ne vous regarde pas, quand vous êtes dehors, quand vous allez, je ferme les yeux et je vous vois jusqu'au point de disparaître.

Et ici, encore, dans cette chambre, à cette table de bois clair, je vois vos yeux, ce regard de Jérusalem étonné d'être avec moi dans ce monde.

Et vos yeux s'emplissent de larmes dès la lumière trop forte.

On pourrait s'embrasser.

Oui, on pourrait se baiser et les mains et la bouche, sans fin, des baisers pour de vrai, sur d'autres mains, sur d'autres bouches, comme s'il était possible de savoir davantage que nous sommes aimés.

Refaire cette promenade. Elle a été faite et elle le sera encore, là où l'on veut bien, dans tous les jardins du monde, dans tous les livres écrits, les livres que vous pourriez écrire, vous qui n'avez pas besoin d'écrire, vous qui n'êtes pas tenu de le faire.

Par votre seul regard de cette terre de Jérusalem vous êtes le récitant ordinaire et désigné de toute parole.

Est-ce la peine de refaire le regard de Jérusalem. Non, une seule fois suffirait.

Il était une fois.
Voilà. C'est ainsi.

Et ainsi je devrais pouvoir rester ici, dans cette chambre ouverte sur la Seine en ce mois de décembre. Le jour, la pluie, la lumière qui se transforme sans que je puisse apercevoir le commencement du début du changement. Je devrais pouvoir rester ainsi assis devant la table de bois clair et penser à Dieu sait quoi.

A cette préférence que je vous porte.
Au premier regard.

Il suffirait d'un seul baiser, il suffirait d'un seul mot, rien, pas de livres, pas d'histoires, seulement ça qui arrive, seulement ça qui est déjà arrivé, cet événement qui se produit encore comme pour la première fois.
Vous.

Vous toujours.
Et,
déjà dans la chambre aux persiennes closes, le sourire.

Le ciel est bleu.

Le soleil est devant moi. Il éclaire la chambre où je suis à écrire les mots.

Je suis dans l'état de vouloir pas écrire.

Je suis dans l'état d'être là, de dire

c'est bien ainsi,

tout va bien,

et le monde, et vous, et moi aussi dans le monde. Ici.

Il n'y aurait aucune souffrance, il n'y aurait aucune peine, il n'y a que moi face au soleil. Alors, comment avancer davantage, comment faire en sorte qu'une histoire puisse avoir lieu entre tous les autres et moi dans ce temps du monde, ce temps qui passe dans le bon ordre, les jours et les nuits. Il ne faudrait pas de saut hors du temps. Vivre ce temps de la vie jusqu'au dernier sourire.

Au bord de mourir, à l'article de vous et de moi, seul existe le sourire de la première rencontre, et ce sourire-là se poursuit. Intact, il demeure. Parfois ne sourit pas, parfois triste, parfois comme figé de voir la vie en danger, les jours comptés. Et puis parfois aussi ce sourire de joie adressé à ce qui est plus que vous, sans trop savoir, comme la trace indestructible de l'histoire qui ne finirait pas. Le sourire de l'amour et pas seulement, de la vie même de l'amour. Ni de vous ni de moi. Pas seulement. La présence de la vie déjà par-delà la vie. Vous voyez.

Pas très bien. Je crois que vous avez peur de dire quelque chose. Vous tournez autour d'un mot, un seul, et ce mot, vous le connaissez, il vous gêne, il ne sort pas de votre bouche, comme si vous ne pouviez pas le dire, comme si le dire était toujours mal le dire.

Je crois que vous êtes empêché.

Cette façon que vous avez de vous tenir dans le monde au bord du monde. Vous ne savez pas comment faire avec, et avec ces gens qui vivent dans ce monde, et avec celle présente dans ce bleu à qui vous souriez, toujours ce sourire entier et cependant réservé, comme s'il ne fallait pas, pas aimer, comme si c'était trop, comme une défaillance de l'esprit.

Comme si j'avais peur de l'intelligence entièrement déployée.

Comme si vous vous teniez séparé, retenu d'appartenir complètement au monde de l'humanité. Et pourtant vous êtes si proche, et parfois vous faites peur, et parfois j'ai peur de votre innocence. Comme la sauvagerie des premiers hommes qui n'ont pas encore inventé. Rien. Les hommes fous des premiers temps qui savent pleurer et rire seulement devant l'immensité du ciel.

Cette prière muette d'avant toute prière.

La prière de quoi.

Je ne peux pas le dire.

Essayez de dire quelque chose de simple, d'être vraiment simple, d'écrire non pas un mot parfait une fois pour toutes, non, un simple mot qui vous plaît, un mot selon vous, un mot de vérité. Dites-le, écrivez-le, vous allez voir, rien n'arrivera, rien ne changera pour vous, aucune révélation particulière. Et sachez encore ceci : tous les mots ont déjà été dits par quelqu'un, au moins une fois, par quelqu'un qui vous ressemble. Vous croyez être le seul au monde. Pas du tout. Ce qui compte c'est de le dire, vous, le mot. Et puis vous advenez au monde, dans le monde avec tous les autres, tous ceux qui sont là par ce mot dit et écrit dans ce sourire de vous.

Amour.

Voilà.

Le mot est dit. Il est écrit.

Maintenant, respirez. Laissez aller le souffle de votre respiration, laissez-vous aller au souffle de votre corps, de votre esprit, au souffle du monde. Ne soyez pas inquiet. Regardez ce qui est devant vous,

la Seine,

la lenteur des péniches sur l'eau de la Seine, la rumeur de l'eau mêlée à celle des moteurs, ces lents passages devant vous, ces couleurs plates devant vos yeux, ce mouvement lent d'une ligne horizontale dans le soleil frais de ce mois de décembre, le ciel sans nuages, le ciel bleu ciel comme une image à vous proposée, et les arbres dressés vers lui, le ciel, les arbres sans feuilles, le squelette vivant des arbres dans l'hiver doux de ce mois.

Regardez la splendeur du monde comme s'il était possible d'en venir à bout, de la détruire, de l'abîmer, comme si ce matin de soleil était fait pour vous seul, à vous destiné. Par vous il est là pour tous ceux que vous aimez. Tous les inconnus du monde.

Je crois pouvoir continuer à vous parler, plus simplement, d'une manière ordinaire, à écrire des mots décomposés. Autour de quelque chose dans ce sourire inaugural. Avant le langage, avant les mots, avant les phrases, avant les livres. Quelque chose qui est avec soi dès le commencement du premier sourire à la mère.

Quelque chose du présent de l'éternité qui ne passe pas. Et cependant il faut recommencer, sourire plusieurs fois, des milliers de fois, comme pour maintenir en vie la matière de l'amour avant l'amour.

Je vous aime de tout mon cœur. De tout mon cœur parce que je suis aussi votre père.

Je suis ici aussi pour vous protéger, pour prendre soin de vous, faire en sorte que le chagrin soit moins grand, que les larmes soient effacées.

Voilà.

C'est ainsi.

Après, après tous les sourires sont adressés au premier venu de la même façon. A chaque fois le sourire cherche le regard de l'autre, il cherche à le laisser là, seul, et aussi à l'emporter avec soi. Un sourire timide sur le point de ne pas exister, sur le point de pleurer, au bord de ne pas avoir lieu. Tellement c'est difficile d'atteindre le visage, d'aller dans le regard, de voir ce trop de peine derrière les yeux. Alors il arrive que je ne sache pas comment faire avec vous, il arrive que je sois obligé de pleurer avec vous, sans vous. Pleurer sur cette impossibilité d'être avec vous, comme si l'éternité avait cessé d'être vue par moi.

Je ne vois plus rien.

Ni de vous.

Ni de moi.

Ni du monde.

Rien.

Privé de toute intelligence.

Et je tombe, la face contre la terre.

Et je dis ceci : tout est tellement simple, tout est tellement là, à la portée de la main, ce mot à la portée de moi, de tout enfant partout dans le monde.

Pourquoi ça ne marche pas.

Pourquoi.

Pourquoi ce découragement, cette

mort brutale à soi et aux autres, pourquoi ce voile épais dans la tête qui fait l'ivresse des mauvais jours, la tentation de ne plus aimer du tout.

La tentation de ne plus sourire.

Ne plus pleurer.

Ne plus voir.

Tuer le monde.

Peut-être ceci : la simplicité est tellement simple qu'elle est insupportable.

La proximité est tellement proche qu'elle est impossible.

Le ciel est tellement bleu qu'il faut de la pluie.

Emportés hors de notre temps, hors de nous, débarrassés de toute modification on serait.

Et nous voulons qu'il pleuve.

Et la pluie est là.

Alors il faut attendre que le bleu revienne, il faut laisser le temps de nos vies aller, et nous aller et venir autour de l'absolu sourire.

Abba.

Ce mot simple.

Ce mot de l'enfant qui ne sait pas comment faire avec sa propre innocence face au monde. Au mal du monde. Il découvre que le mal existe, il découvre qu'on peut lui faire du mal, il découvre qu'il est par son innocence la victime désignée. Et pourtant il continue de sourire. Il ne fait que ça. Un sourire pour rien, bête, reçu par personne. Il est là dans le monde et il n'y a personne pour voir l'amour de ce sourire. Alors il devient seul, sans emploi, plus personne à regarder, plus personne ne le regarde. Il reste là. Il s'enferme dans son sourire qui n'apparaît pas. Seule la trace encore récente autour des yeux est visible.

Ce n'est pas de la tristesse : il ne comprend pas. De cette difficulté surgit la souffrance générale. Il sait. Il a toujours su, il ne voulait pas savoir qu'il ne peut pas en être autrement. En même temps il voudrait faire comme si le temps des hommes n'existait pas, ce temps de l'occupation des hommes à des activités diverses. Disons, hors de lui.

Comme si son seul sourire pouvait suffire à bouleverser le monde.

Comme s'il suffisait qu'il paraisse. Par sa seule présence, il croit que le mal n'existe pas, que le temps n'existe pas, qu'il suffit de regarder les modifications de la lumière, l'agencement toujours en mouvement des molécules de l'air, ce bleu instable menacé par les nuages dans les cieux.

Il ne sourit plus.

Il garde son sourire autour des yeux.

Il ferme les yeux.

Il dit le mot simple, le mot ancien, comme ça, par inadvertance, un mot appris il ne sait plus comment, ni par qui. Le mot est dit très facilement, peut-être en raison de la facilité à le dire, en raison de la lettre *A*, la première, celle qui décide de tout le reste de l'alphabet, de tous les autres mots, de la vie de tous les hommes, de sa vie à lui.

Abba.
Amour.

Je pense à vous.
Je pense à Lui.
Je ne peux pas faire autrement.
A ce dernier sourire de nos vies.

Le regard de Jérusalem.
Les yeux de tous les temps.

Je suis ici dans le soleil de neige de ce mois de décembre. Je ne vois rien. Je suis dans cette maison au bord de la Seine. J'écris.

Ce qu'il y aurait à écrire serait autour des mots, comme autour de soi les fleurs sur le talus, ce qu'il y aurait à lire serait autour des mots et il faudrait en passer par eux pour mesurer le temps de l'amour. Ce temps doit passer par le temps de vous et de moi, par le périmètre de la page. Aligner des phrases comme je le fais, consigner des mots pour que quelque chose d'autre advienne là devant soi. Comme si le sourire avait besoin d'être écrit, d'être lu.

Oui, faites cela. Continuez en ne sachant pas très bien. Depuis le premier jour les hommes ont voulu écrire, ils ont écrit. Avant même l'invention de l'écriture, ils sont dans l'écriture de la pensée. Comme s'il fallait recopier, reproduire avec la plus grande exactitude cette alliance de soi et de l'autre, retrouver l'original de soi à travers les mots écrits à tous. Comme si l'alliance devait être confirmée à chaque instant. Comme s'il fallait une preuve renouvelée pour dire ce que nous savons déjà. Comme s'il fallait en passer par ce qui est écrit pour accéder au silence.

Abba.

Dans le froid de ce matin de décembre je continue d'écrire, à vous et aux autres.

Je suis ici dans la chambre, assis à cette table de bois lisse, un bois doux comme la soie quand je pose la main sur la surface claire.

Je suis ici devant la machine à écrire au clavier blanc.

Je ne cherche pas. Tout est là près de moi, à la portée de mon esprit, oui, rien à faire, rien à penser sauf à penser bêtement comme un devoir d'enfance : tout va bien, c'est bien ainsi, le monde est à sa place, les hommes dans le monde sont à leur place. Il ne faut rien changer, rien bouger, aucune ligne ne peut être déplacée au risque d'abîmer l'ensemble. Il suffit de laisser le mouvement du monde et nous dans le monde, ce mouvement presque invisible de la marche du monde, ces changements de la lumière, ces particules de la lumière qui font la lumière différente. Oui, le mouvement sans même le regarder, sans même le sentir, sans même le dire, sans même l'écrire.

Vous laisser là où vous êtes, séparée,

seule, loin, on ne sait pas où, on ne le sait pas.

On pense et on n'y arrive pas.

A se demander s'il faut penser, à se demander s'il ne faut pas vous laisser là.

Aller dans le monde, marcher, bouger, traverser les continents, les mers, les espaces du ciel, aller partout dans le monde, suivre le cours des fleuves, porter avec soi une seule valise. Se déplacer ainsi, sans encombre, à Prague, à Cracovie, à Vancouver, nc pas choisir la destination, sauf le nom qui plaît, le nom qui à lui seul assigne dans la chambre. Rester ici, lire les noms, épeler les lieux, vous rejoindre ainsi dans la sonorité du nom choisi.

Etre dans la bonté de l'air du temps, à cet oiseau qui est là tout près, cet oiseau qui ne sait pas, dont je ne sais pas le nom. Cet oiseau, je le laisse venir vers moi.

Continuez. Restez ainsi comme s'il n'y avait rien à faire d'autre. Rien à écrire. Sinon ce que nous savons déjà, sinon qu'il faut occuper le temps, tout le temps de toutes les saisons à venir, toutes les heures.

Et voici le visage, ici, dans cette chambre.

Le regard de Jérusalem.

Le regard ancien, le regard premier devant moi.

Cet événement nous plaît. Rappelez-vous.

La chaleur, ce mois d'été, les couloirs frais, la chambre, l'amour, les rires, les rengaines de la vie.

Continuez.

Je ne sais pas. Très vite m'apparaît ce qui fait cesser cet instant intenable. Comme s'il fallait adoucir la souffrance du présent en train de devenir un passé. Alors que c'est à peine recommencé. Alors qu'il faudrait regarder encore, faire en sorte que le présent du regard soit. Répéter les mêmes mots, comme un salut que je fais. Inlassablement. La répétition des mots sans s'occuper du déroulement de l'histoire qui pourrait commencer.

Et puis ceci arrive : la merveille de se voir.

L'histoire au loin recommence.

Ce serait regarder devant moi les arbres noirs de ce mois de décembre, le ciel au-dessus des arbres, cette lumière, ce temps du jour qui va jusqu'à la nuit, sortir de la chambre, aller le long de la Seine, ce fleuve, marcher, un pas après l'autre, me tenir droit, les épaules en arrière, les bras se balancent, les jambes jetées en avant, légèrement écartées, et les pieds bien posés sur le sol, aller la tête libre. Vous voyez. Je suis dans la lumière du matin comme la beauté du premier homme. Ainsi je marche, je regarde les mouvements de l'eau, le courant, la vitesse, sans aucun souci de la direction. Il suffit d'aller un peu plus loin chaque jour et ainsi rejoindre l'océan de la mer atlantique. On ne peut pas se perdre, on ne peut pas, même si on le voulait.

Voilà.
On y est.

Je regarde la mer, je regarde la monotonie de l'eau de la mer. Je me repose, je me repose de tous les pas faits. Je regarde devant moi et le ciel et l'eau. Je m'allonge sur le sable de la plage, reposé de tout, et du monde et de vous.

Et puis vous revenez.

Oui je reviens en effet par le même chemin, en suivant le même tracé de l'eau, le corps à peine dans l'air traversé, j'avance et je reviens vers la chambre et je suis ici devant les mots que je ne connais pas encore, les mots que je vais écrire en essayant de les faire plus légers, plus proches de rien, plus semblables à vous.

Abba.

Je me rends à vous sans bien savoir si c'est vous. Si ces yeux que j'ai vus, ces yeux de Jérusalem, vous appartiendraient.

Ce baiser posé sur la bouche, à peine posé.

Oui. C'est cela le rendez-vous, moi ici et vous là-bas. Comme s'il fallait faire le baiser encore plus grand, comme s'il fallait qu'il devienne l'unique baiser du monde.

Amour.
Tout amour.

J'entends le bruit continu de la pluie et je ne sais plus rien de vous, comme si enfin je pouvais penser à vous.

Dieu sait où vous êtes.

Et c'est ainsi que je suis à vous, sans plus même savoir si ces yeux de Jérusalem sont bien vous, comme si la personne de vos yeux disparaissait, comme si elle était mêlée à d'autres.

Comme si je vous embrassais pour de vrai.

Comme si le rendez-vous était imminent.

Je reste dans cette chambre au bord de la Seine, je regarde devant moi les arbres noirs et le lent passage des péniches. Ici, à essayer de vous écrire. Et déjà vous le savez : le rendez-vous est dans le présent de nos vies séparées.

Dans l'alliance possible de deux éternités.

Oui. Rien imaginer, rien inventer, ne penser à rien d'autre que cela, ce regard depuis toujours jusqu'à maintenant, comme s'il s'agissait d'autres encore que nous, comme si nous étions dans l'ignorance de ce qui nous est demandé, comme si un orient était présent par les fleuves qui traversent le monde, par la pluie et le beau temps, par lcs jours par les nuits, le premier jour, la première nuit, oui, ce ressassement du temps jusqu'ici, fait pour nous seuls. Comme si l'Orient était toujours sur le point de se lever dans tous les yeux ordinaires de tous les temps. Comme s'ils étaient faits pour cela : voir le point de la joie dans le monde.

Amour.
Abba.

Et alors ce serait fait une fois pour toutes. Il faudrait recommencer bien sûr. Et puis quoi faire de tout ce temps qui reste à passer dans le monde. Rien peut-être.

Parfois j'écris, je ne peux pas m'en empêcher, des lettres, des mots de rien du

tout, des mots alignés, la date, l'heure, le temps qu'il fait, le menu du jour.

Parfois je n'envoie pas les lettres, c'est au-dessus de mes forces, ce n'est pas la peine. Par quel mot commencer la lettre, je ne sais pas. Je ne sais pas comment faire avec les lettres, avec vous, pas comment faire avec Dieu

avec moi
avec Dieu
avec moi
avec toutes les roses du monde.

De la chambre claire ouverte sur la Seine, je vois ceci : ses yeux bleus ne me regardent pas, ils sont fixés sur autre chose, une musique de Schubert peut-être, une musique qui se fait entendre dans le silence d'une pensée qui cherche à devenir une pensée pour elle et pour moi. Pas une pensée, non, je ne sais pas comment nommer ça. Ce qui existerait avant même le sourire des yeux. Ce qui existe et fait déjà le lien de l'amour entre nous. Avant même l'existence qui nous tient en vie, je cherche la sonorité comme oubliée du mot.

Avant le mot.

Avec la naissance du mot l'idée même du mot apparaît comme une nouvelle. Rien ne peut laisser supposer l'avènement du mot commun entre elle et moi.

Je vous le dis autrement : le mot serait donné alors qu'il n'était pas recherché. Pas chercher, pas vouloir, pas désirer, rien, pas vouloir comprendre, garder l'intelligence au monde qui est là.

Le changement de la lumière.

Oui, rester attentif à la lumière du jour, à son développement, à comment elle se combine avec le monde, à comment elle pénètre en nous, à comment elle nous fait voir les éléments du monde, à cette lumière de décembre dans laquelle je suis tandis que je vous écris, cette lumière du jour qui va aller jusqu'au noir de la nuit, cette lumière éteinte et sauvegardée par les étoiles dans le ciel.

Et je vois le mouvement invisible et visible de la terre et de nous dans cette terre. Et tandis que je fais cela, je vous oublie. Et tandis que je vous oublie je pense encore à vous. Et de toutes ces lettres, oui, il se peut que vous fassiez partie. Il faut faire preuve du plus grand amour, vous voyez, pour vous dire que vous n'êtes pas la seule. Et il faut que vous m'aimiez absolument pour comprendre les yeux de Jérusalem.

Je vous regarde.
Je vous aime ainsi.

La lumière du soleil aujourd'hui, ce matin, dans cette chambre,

la Seine.

Je suis ici, au bord de la forêt, de l'autre côté du fleuve, je suis avec vous, ne soyez pas inquiète, je ne peux pas vous oublier, jamais, vous le savez, je vous le confirme, je l'écris si vous le voulez. Dans cette lumière de ce mois de décembre je vous prends avec moi dans le mouvement même de la douceur des particules bleues.

L'air bleu de ce matin.

Et le souffle de notre âme serait régulier. Le souffle qui maintient la vie, il est comme le bleu de ce ciel, il va vers le sourire, plus vite à l'approche du baiser que je donne ici sur les lèvres de lumière.

Parfois ça arrive, le désir de toucher ainsi encore votre bouche, de sentir le souffle de votre corps dans son entier, comme si c'était possible, comme s'il ne suffisait pas de nous aimer ainsi dans le repos de nos âmes, comme s'il fallait davantage, la matière visible de votre regard sous mes doigts. A vouloir voir avant ce qui se passe, avant le premier jour, avant la première lumière, avant le premier mot, avant le premier livre. Voir avant la séparation et de vous et moi et de Dieu.

Comme si on pouvait penser ça : avant. Avant la lumière des jours et des nuits, avant vous et moi.

Avant la venue du Fils.

Avant les pleurs de nos âmes désolées.

Amour.
Abba.

Parfois je ne sais plus comment faire pour continuer à penser, à écrire, à regarder, à sourire.

Parfois je m'égare.

Je crois ce moment nécessaire. Je ne peux pas m'y tenir longtemps, au risque de me perdre, de vous perdre, au risque de tout cesser. Alors je vais vers le temps ordinaire, au plus simple des heures de la vie, simplement dans le monde. Je crois que c'est ainsi. Aller et venir dans les chemins du monde, ne pas se soucier, suivre le rythme, la mesure des pas accordés.

Marchez, ne vous arrêtez pas, continuez à regarder devant vous, l'air, le changement de la lumière, les arbres de ce mois de décembre, la couleur noire. Puis reposez-vous, laissez aller votre corps à la respiration.

Oui, je vais faire comme vous dites. Aller dans les saisons du monde, les traverser entièrement, faire cent pas et puis cent autres pas, les compter par centaines, laisser faire la mécanique du corps, laisser faire la pénétration par l'air de la peau, la résistance au vent, à la pluie, à la chaleur. Toutes les saisons qui passent et qui font la marche différente. C'est une activité simple à laquelle je me tiens.

Oui mon amour, et je peux aussi marcher avec vous à travers toutes les saisons inventées, on pourrait aller d'une manière parallèle, sans nous gêner, sans aucun souci qui ferait votre regard me regarder, votre baiser m'embrasser, vous voyez, rien de tout ça.

Et comment savoir que vous êtes là, que vous allez vous aussi dans les saisons du monde, quel signe pourrait faire croire que je suis avec vous.

Il suffit de dire ceci : il faut le croire, il ne faut pas cesser de le croire.

Croire en général.

Et pourquoi pas croire en vous, en votre existence ici, en ce monde. Comme vous croyez en moi. Comme Lui croit en vous.

Croire. C'est-à-dire vous me regarder et moi vous regarder.

Et tandis que je marche, et tandis que

je vais, et tandis que je suis dans le mouvement de l'air, avec lui emporté, je suis aussi avec vous, je ne vous quitte pas des yeux.

Je sais que vous êtes là. Je le sais d'un savoir général, je ne me donne pas la peine de vous appeler, non, comment vous appeler, je ne vous donne pas de nom.

Le premier nom choisi au hasard dans le calendrier, le premier qui tombe sous les yeux serait le bon.

Il conviendrait.

Amour.
Abba.

Oui, ce nom d'avant, ce nom d'avant l'écriture, d'avant les mots, d'avant toutes les histoires, ce nom qui fait advenir et le ciel et la terre et vous et moi dans le ciel et dans la terre et la lumière dans laquelle nous marchons, l'un près de l'autre, l'un loin de l'autre, l'un et l'autre à la naissance de l'un pour l'autre, vous voyez, ce signe extrême de l'histoire d'amour manifesté par ce sourire qui s'efface très vite. Qu'il faut recommencer, qu'il faut refaire, nul ne sait à quel moment il reviendra, il revient quand je vous appelle.

Soudain la peur : vous ne seriez plus ici

avec moi. Cette peur insensée. Mais non, la peur passe et je peux vous regarder, vous aimer.

Rien d'autre.

Pas aller plus avant.

Non.

Je reviens vers la chambre, je vais m'asseoir à ce bureau de bois clair, devant la machine à écrire, à attendre comme si quelque chose devait arriver, comme si rien ne pouvait arriver, comme si les yeux de Jérusalem étaient vos yeux, comme si tous les regards étaient les vôtres, comme si tous les sourires étaient votre sourire, comme si vous étiez la seule au monde. Et ainsi vous seriez dans le plus grand repos jusqu'au vide de l'esprit.

Comme si je n'étais plus de ce monde, comme si penser n'était plus nécessaire, comme si encore regarder les arbres noirs dans la lumière de ce mois de janvier pouvait être possible. Et voir le fleuve près de moi,

la Seine.

Et voir ce fleuve aller jusque vers l'océan, ce fleuve qui suit son cours jusqu'à la destination de disparaître, confondu dans la masse de l'eau océane. Et regarder encore ce qui se présente devant cette table, dans cette chambre aux fenêtres claires ouvertes sur la couleur.

J'entends la rumeur du vent et celle de l'eau et celle de votre respiration, ce souffle qui vous tient en vie. J'entends aussi une voix avec un léger accent vous appeler.

Et je ne suis pas loin de vous, et je sais que vous êtes reposé, bien heureux sans raison apparente, et je suis heureuse de pouvoir vous voir ainsi : la surprise de votre corps dans une vie différente. C'est ce que je crois aujourd'hui, en ce jour. Le mouvement de la caresse va se produire jusqu'à moi.

Et puis.

Et puis soudain.

Soudain le livre accompli.

Soudain l'amour fait.

Soudain le jour et encore le jour et plus que cela qui arrive, la lumière sur les visages, les particules de l'air posées sur les corps glorieux.

Soudain la joie.

Soudain la grâce de la main posée sur moi, quelque chose d'inconnu et que l'on reconnaît immédiatement.

Soudain le creusement de l'éternité.

Le temps d'avant, le temps de maintenant, soudain, plus rien que cela qui arrive, cette lumière ordinaire qui ne cesse pas.

Oui, cela se pourrait, soudain il faudrait pouvoir le croire.

Je vous regarde encore. Et je les regarde, les yeux clairs d'aujourd'hui.

Voilà : ça commence.

Tout recommence, tout pour la première fois, le premier sourire, la première caresse autour des yeux, on est dans ce doux présent du temps, dans cet espace ouvert, dans ces jours et dans ces nuits, dans les étoiles éclairées par la lumière de la lune qui passe dans le ciel.
Oui, on y est.
Ce présent se fait devant nos yeux et ainsi on peut aller.

A qui parlez-vous.

Je vous parle, à vous. Et à elle. Et à Lui. A tous les yeux de Jérusalem. A chaque regard qui croise mon regard. C'est à partir de ce point que tout se décide. Dans le silence.
Ce point de croix des deux regards. Il

se suffit à lui-même, à l'humanité tout entière, tous les enfants dans le monde auraient ce même regard, il n'y aurait que ça, des regards d'enfants.

On ose à peine le dire, on ose à peine l'écrire, à peine, oui.

Et alors quoi.

Alors rien.

Rien n'arrive que les croisements des regards et des sourires, un monde proche de la simplicité la plus extrême, la plus élémentaire, la plus innocente, la plus intenable, la plus invisible, ce monde sans mal, ce monde privé de la malice, vous voyez, ce monde qui plairait à Dieu.

Oui, le croire. Dire que c'est possible.

On pourrait être les premiers à le faire. Etre à ce point du croisement des deux lignes de nos regards, et ainsi, davantage dans le monde, et voir la lumière, cette lumière bleue du jour,

et ainsi,
la merveille,
oui, soudain, l'amour.

Et puis.

Et puis tout s'arrête dans la clarté immobile.

Et puis dans les plis du jour, je vois moins bien, comme si quelque chose passait entre votre regard et le mien, quelque chose nous sépare, de l'air entre nous, une transparence qui ferait être seul.

Soudain vous n'êtes plus ici.

Soudain je ne suis plus là.

Cela peut durer longtemps. Il n'y a pas de mesure du temps.

Plus de mots à disposition.

L'histoire serait celle des pas qui avancent dans l'air du temps modifié par moi et pour moi. Seule la lumière réglerait encore le mouvement.

Plus de mots.

Plus de vous.

Plus de moi.

Oui, on pourrait dire ainsi, mais le mieux serait de ne rien dire, de ne pas se soucier de quand cela prendra fin. Si même c'est possible, si même c'est souhaitable, puisque le croisement des regards a eu lieu, puisque tout pourrait en rester là. Sans rien vérifier de l'amour.

Comme si la chose du regard pouvait ne pas se reproduire, comme si à jamais, oui, comme si à jamais.

Je ne pourrais pas être vue par vous.

A jamais abandonné par Dieu.

Comment oser penser l'impensable, comme si plus aucun mot entre nos regards n'était possible, aucun mot souhaitable, aucun mot parfait et ordinaire.

Comme si je n'avais pas de nom, comme si on avait oublié les lettres de l'histoire.

Peut-être on pourrait dire ainsi et aussi ainsi : comme si je ne vous connaissais pas, comme si je ne savais pas à qui je m'adresse, comme si les yeux de Jérusalem étaient une pure éternité.

Comme si vous alliez cesser d'écrire, comme si vous alliez faire maintenant un événement, une rencontre, avec ce mot de l'éternité. Comme s'il était là, concret, parfaitement à la portée de votre pensée.

Oui, comme si on comprenait, vous voyez, comme si le mot pouvait lui aussi apparaître. Comme si rien n'était, hors la présence certaine que j'aurais comme oubliée.

Je ne suis pas sûre de comprendre comment ce mot apparaîtrait dans cette histoire qui commence.

Je ne vois pas comment vous feriez pour ne pas m'écrire encore, comment vous priver de ça. Cette activité mirobolante. Cette chose qui enchante. Cette chose qui désole. La chose qui ferait croire à la vérité de la trinité.

Chaque matin, ici, dans cette chambre ouverte sur les arbres noirs de ce mois de décembre, dans cette chambre ouverte sur le fleuve,

la Seine,

à ce bureau de bois clair devant cette machine à clavier blanc, oui, je vous dis ceci : je suis comme heureux de vivre. Et aussi d'écrire des mots, des phrases, quelque chose que je ne connais pas encore.

Oui, je vois en même temps que vous les mots que vous écrivez chaque matin, je vois que parfois vous avez de la peine à surmonter la peur du premier mot, cette rigueur imposée de ne pas inventer d'histoires. Et pourtant chaque matin, dans cette chambre, vous êtes devant la table et vous passez outre à la tentation d'aller dehors, de laisser la copie des mots à d'autres.

Et alors de l'intelligence apparaît, visible. Comme si chaque matin, en tapant certains mots sur la machine à écrire je pouvais vous aimer davantage, plus sûrement en quelque sorte, comme si les yeux de Jérusalem étaient à nouveau les miens, comme si le voile disparaissait et rien à voir que ce point hors de votre regard, hors de mon regard. Le point aveuglé de l'amour.

Je vous regarde, là où je suis, je vous vois, moi qui ne suis pas dans la chambre ouverte sur les arbres noirs, moi qui vous vois comme au premier jour, moi qui pourrais vous écrire tant d'histoires, les plus belles histoires du monde.

Et puis non, je vous laisse faire, écrire les mots que vous ne cherchez pas, ces mots qui viennent à vous chaque matin. Et ce mot imbécile qui s'impose. Ce mot faute d'un autre mot qu'il n'est pas la peine d'inventer,

quand vous quittez la page

quand vous quittez la machine à écrire

quand vous allez vous allonger sur le lit

quand vous fermez les yeux

quand vous ne pensez à rien, plus rien, plus de mots, plus de vous, plus de moi.

Tout pourrait s'arrêter dans ce silence.

Tout pourrait cesser en cet endroit.

Ainsi tout serait fait dans la perfection des éternités.

Je vous entends.

Je ferme les yeux, allongé sur le drap blanc, et je m'endors.

Oui, dormez.

J'entends votre rire, ce rire de fou, ce rire qui vient d'on ne sait où, ce rire qui éclate dans vos yeux, ce rire de tout votre corps, ce rire de toute votre âme, plus grand que votre vie.

Ainsi il me plaît.

Ainsi il est.

Abba.

Amour.

Ici, alors que le soleil est dans la chambre, alors que le ciel devient bleu, alors que les nuages blancs laissent la place au bleu du ciel, alors que je ne sais pas comment continuer, quoi écrire, comment le faire, alors qu'il n'y aurait personne à qui écrire, personne pour entendre, alors que je continue dans le simple état de dire : ainsi je suis.

Ainsi est-il.

Le corps immobile emporté dans la lumière.

Ainsi il continue.

Ainsi il persiste.

Ainsi il est là, comme dans un égarement à soi, comme dans un empêchement majeur qui se transformerait soudain en une évidence douce et idiote.

Sur le lit, je suis allongé, offert à qui veut, à qui passerait par là, vous aussi bien qui n'êtes pas dans la chambre, vous qui êtes déjà près de moi, la tête posée sur le coussin blanc, les yeux ouverts sur le monde.

Ce sourire qui modifie le visage demeure recommencé. Cette vie que je vois. Elle vous cherche dans la saison de l'hiver. Elle se demande où vous êtes. Elle attend.

Je suis ainsi reposé sur le lit blanc et je vois que je respire et je vois que je peux sourire aux yeux de Jérusalem, ces yeux qui appartiennent à qui sait voir, à qui sait entendre, à qui sait penser sans autre souci que penser. L'éternité.

L'éternité de quoi.

L'éternité de l'éternel.

Voilà.

Et rester ainsi dans cet état du point exquis de la douleur défaite, des pleurs consolés, de la peur enlevée, ce point avant l'apparition d'un désir sur le visage, seul le silence de l'âme bienheureuse. Ce point pourrait être la manifestation de la vérité de l'éternité.

Je me demande qui parle. Je vois clairement votre visage près du mien alors que je suis étendue par terre, les yeux fermés et levés vers vous, je reconnais votre regard qui se demande comment faire avec celle qu'il ne peut plus toucher, qui demande à aller avec moi étendue sur les dalles de pierre et ainsi m'emporter. Je sens encore la chaleur de vos mains, la douceur de la peau contre mes cheveux, une douceur extrême.

Oui, je vois ma tête soutenue par vos deux mains, c'est ce que je vois encore, les mains qui entourent ma tête posée sur la pierre, et ce sourire deviné c'est le vôtre, tandis que je suis déjà dans l'étendue plate ouverte devant moi. Et comment est-ce possible. Et comment faire, retrouver le nom de ce sourire tant de fois appelé, comment faire pour que je puisse l'entendre et l'écrire encore.

Restez ainsi, les yeux fermés, et regardez : c'est moi.

Oui, c'est vous. J'entends. J'entends la rumeur du monde autour de vos yeux, le soleil de ce mois de décembre, la chaleur relative de ce soleil dans la chambre où vous vous tenez, la table de bois clair, j'entends et je vois tout et je vois que vous êtes là. Je peux ainsi vous appeler et vous nommer comme il me plaît.

Ce nom que vous me donnez au hasard de votre fantaisie, ce nom pour rire, ce nom ancien, ce nom qui vous plaît tant, et ce mot que vous allez dire.

Théo.

Amour.

Allons dehors, marchons le long de ce fleuve qui rejoint la mer atlantique, sortons de la chambre, quittons le bureau de bois clair, la machine à écrire, les mots, les phrases, allons faire des allées et venues, oublions. Et puis voyez, ça arrive vers vous sans prévenir : vous êtes le long du fleuve et soudain.

Soudain la joie.

Comme si on découvrait l'oubli et ainsi le plus grand amour.

Comme si vous étiez depuis toujours dans ce bleu dont je vous parle, cette chose qui vous appartient depuis le premier sourire de votre vie ici.

Comme si vous deviez le dire et l'écrire à quelqu'un, cette découverte qui n'en finit pas.

Je suis dehors dans l'air du temps de ce mois de janvier, je suis sorti de la chambre, j'obéis, je marche dans les particules de l'air, dans les changements de la lumière, je vais la tête haut perchée en suivant le courant de l'eau, ce mouvement continu vers l'océan, le corps avance, sans retenue aucune je vais.

Je vois les arbres de plus en plus noirs, les arbres réduits à leur propre dessin, les arbres seuls, comme s'ils allaient rester ainsi, dans cet état d'arbre privé de feuilles. Je vois l'eau de la Seine depuis les sources de la terre jusque vers l'embouchure de la mer atlantique. Il n'y a pas d'autre voie que celle d'aller vers l'eau salée de l'océan, se confondre avec elle. Et l'eau toujours va, l'eau venue depuis la source visible et invisible de la terre, depuis ce commencement jusqu'à maintenant, jusqu'à moi qui regarde en ce matin de ce mois de janvier, jusqu'à moi qui marche ainsi chaque matin, moi qui fais les mêmes pas.

Se laisser aller à sa propre marche dans l'oubli de soi pour rejoindre.

Pas de larmes.

Pas de larmes, pas de pleurs, à peine cette clarté dans les yeux, dans nos yeux pourrait-on dire, à peine le rythme des pas qui s'accélère quand elle apparaît, une légèreté dans le mouvement et dans notre âme. Comme si on reconnaissait quelque chose dans le reflet du ciel bleu dans le bleu de l'eau, cette permanence de l'inconstance de la lumière du jour et de la nuit, le flot de la lumière, cet ensemble de particules mêlé à ce corps vivant qui avance dans le matin, ce chemin tracé quand je sors de la chambre ouverte sur le ciel fluvial.

Que je vous aime ainsi.
Que je vous aime ainsi quand vous allez.
Que je vous aime ainsi dans l'ignorance d'aimer.
Que je vous aime ainsi dans l'oubli et de moi et de vous et de toute la peine pour continuer d'avancer.

Que vous m'aimez ainsi de l'autre côté du fleuve, l'autre rive.

Oui, c'est ainsi que je vous aime comme un amour inventé. Un amour qui s'invente au gré de vos pas.

Parfois il me semble voir avec vous cet amour le long du fleuve. Parfois rien qui puisse faire ne pas vous aimer.

Abba.

Amour.

Et quoi écrire qui ne serait pas écrit dans le livre que vous êtes en train de faire. Quels mots pour faire une histoire, un développement, des situations, des personnages, des images.

Quoi pour écrire : il était une fois.

Je ne vois pas. Je ne cherche pas d'autres mots, ce n'est pas ce qui m'importe.

Laissez-moi.

Je ne suis tenu à rien.

Sauf à la présence qui se fait dans le premier sourire de Jérusalem.

Vous franchissez le pont.

Non. Je reste ici avec vous. Et je dis : avant les mots, avant vous, avant moi, cette chose du sourire apprise par Dieu sait qui, elle existe.

Elle est sur votre visage reposé, je la

vois immobile et sur le point de se produire encore, comme au premier jour de l'été. Ça survient dans les yeux, dans tout le corps de l'esprit.

Comment il vous vient de parler ainsi.

Je ne sais pas le dire autrement, je ne vois
pas d'autres mots pour dire cela.
Ecoutez, vous allez entendre.
Son nom dans le sourire nouveau.
Son nom dans le corps reposé.
Son nom dans les yeux fermés.
Son nom dans mes yeux ouverts,
ce visage,
cette chose écrite qui continue, vous voyez,
le livre qui ne disparaît pas.

Je suis ici dans cette chambre ouverte sur le ciel de la Seine, cette chambre, ce bureau, cette machine à écrire, ce clavier blanc, je suis ici assis et je continue la même histoire comme s'il était nécessaire de voir encore plus clairement, de savoir votre présence auprès de moi et auprès de Dieu,

comme s'il ne fallait pas se taire,

et aller dans le chemin marcher

et oublier

et encore

oublier l'adieu de votre visage posé sur le lit recouvert d'un drap blanc,

oublier le désarroi et la tentation de ne rien voir, ni le mot ni la chose, rien, oublier ce moment de stupeur.

L'esprit déplacé.

Et puis.

Et puis cela revient, ainsi, le long du fleuve, la simplicité du premier regard, la joie de la vie maintenant et pour toujours.

Et puis la lumière devient de moins en moins lumière, et puis les particules se modifient jusqu'à faire du noir, et puis le ciel se pique de lumières blanches d'étoiles pour les hommes de la terre, ces mêmes lumières depuis le premier des commencements, depuis que nous levons les yeux, ces mêmes hommes. Cet étonnement d'être là avec les animaux, les océans, les fleuves qui vont. Nous ici et ce premier regard étonné, cette façon inconsolable d'être ici, tous les jours, toutes les nuits, tout ce temps dans le ravissement du monde.

Oui, j'entends ce que vous dites, j'aperçois votre regard et ainsi l'histoire peut commencer.

L'histoire que je vais écrire, celle déjà écrite. L'histoire de l'unique amour.

Je vois la lumière qui vient, la lumière traversée par le vol des hirondelles, ce vol déjà commencé dans un continent lointain, ce vol noir et blanc qui vient jusqu'ici.

Je suis revenu dans cette chambre comme si c'était nécessaire, je fais comme si je n'avais pas peur, comme si je pouvais continuer d'aligner de nouveaux mots, comme si par miracle j'allais écrire enfin une histoire.

Une vraie de vraie.

Ne riez pas. Parfois je crois que je vais m'y mettre, aux histoires, comme si j'étais dans le temps avec les autres et pour eux, fait comme tous les autres, alors que je suis dans l'absence de tout savoir, dans ce vide du silence des après-midi à attendre la lumière noire de la fin du jour, à regarder ce soleil qui est là, face à moi dans le milieu de la Seine, cette masse rouge tellement grande qu'elle ne peut s'abîmer dans l'eau du fleuve.

Ce soleil que vous regardez jusqu'à sa disparition dans les terres occidentales.

Oui, c'est ainsi que vous êtes le mieux, sans autre pensée que celle de voir ce qu'il y aurait à voir derrière l'aveuglement de votre regard face à la dissolution des particules rouges de la lumière.

C'est ainsi que vous êtes par vous et pour vous autant qu'il est possible, face aux autres qui ne veulent pas se laisser aimer, face à ce visage blond.

Oui je suis ici, j'attends.

Quand vous quittez la table de bois clair, dites-moi, quand vous laissez les mots, quand vous ne savez pas quoi faire avec les mots proposés, quand vous ne pensez pas à moi, quand vous vous affolez, quand la peur vient, quand vous avez envie de tout casser, de tout cesser, et le monde autour de vous et vous dans le monde, quand ce moment vient, que faites-vous.

Je m'allonge sur le lit au drap blanc, je ferme les yeux, je fume une cigarette, ces longues cigarettes blondes et vertes. Fumer et aimer le monde entier. Tout le monde. Tous les hommes, toutes les femmes, tous les enfants qui avancent.

Et pourtant.

Pourquoi vous ne restez pas ai allongé dans une longue éternité.

Pourquoi.

Parce que vous perdez patience.

Parce que ça ne va pas assez vite, l'amour.

Je ne réponds pas.

Vous attendez que l'amour se fasse vite et entièrement dans la lumière de vos yeux.

Je n'y arrive pas. C'est comme une dépression, comme un trou qui laisserait partir tous ceux que je pourrais aimer, tous ceux à qui je pense. Brutalement je suis encore plus seul les yeux fermés allongé sur le lit blanc, je ne sais plus comment faire, et même le silence des mots ne serait pas suffisant, et penser à vous serait inutile et incertain.
Soudain l'envie de me tourner vers le mur et de dormir toute une vie.

Soudain vous vous levez, vous ouvrez les yeux et vous quittez le lit.

Oui.

Vous portez une chemise blanche, une cravate noire, une veste noire, un pantalon noir, vous allez dans la ville, dans les lumières de la ville, dans les bistrots, vous marchez ainsi les yeux distraits par tous les visages, dans cette lumière, vous croisez d'autres que vous, comme vous ils vont. Vous buvez, assis sur une banquette rouge, un verre et un autre verre et l'alcool vous fait du bien, de mieux en mieux vous êtes, et ainsi tout le monde sourit et ainsi au plus loin du lit vous vérifiez quelque chose de l'amour.

Comme s'il fallait le faire.

Oui et il le faut, pour tout le monde c'est comme ça.

Je vous aime ainsi mon amour dans la prostitution de votre sourire, cet amour diffus, cette distribution à tout va de votre corps et de votre esprit, rien de mal ne peut vous arriver. Je crois que rien ne peut arriver sauf la connaissance toujours plus grande de votre amour.

Amour.

Continuez à aller dans la ville, marchez, regardez les lumières électriques de la ville, voyez le ciel éclairé, voyez devant vous la façade délaissée du Palais, les hautes fenêtres closes depuis la mort du Roi. Passez devant toutes les pierres, allez là où vous ne savez pas encore. Là où le nom serait écrit.

Je ne sais pas, on ne peut pas le dire comme ça, je crois qu'il faut continuer depuis la chambre ouverte sur les arbres maigres de ce mois de janvier, depuis le sourire à celle qui passe, depuis la joie de la lumière qui se modifie, depuis elle jusqu'à vous.

Et vous.

Moi, je suis ici, moi je marche, moi j'écris tout le temps des lettres. Et je dors. Comme s'il fallait ne pas connaître l'odeur de ses cheveux.

Comme s'il fallait oublier l'histoire, cette histoire écrite qu'il faut aussi oublier.

C'est impossible.

Mon amour, vous êtes en train de le faire. Vous vivez d'autres histoires. Vous commencez à vivre sans moi de l'amour. Je le sais. Il est impossible de ne pas vous aimer, impossible de voir ce que j'ai vu de vos yeux et de ne pas vous aimer comme une évidence, et aussi comme si on pouvait vous approcher. Comme si vous étiez là, les mains ouvertes sur le corps de celle qui est allongée près de vous, à le caresser, à caresser à la perfection, comme l'amant idéal de toutes les Chines, le seul avec vos mains à donner le plaisir nouveau de votre corps à ce corps.

Et puis, brutalement, vous quittez ce velours offert, les seins blancs, les cheveux de la couleur du feu, les yeux de la Silésie, oui, vous quittez le lit au drap blanc et la chambre.

Où allez-vous.

Je vais.

Je vois ceci : je ne peux pas faire davantage avec le corps blanc, il me faut le laisser seul dans le lit blanc, il me faut aller marcher le long de ce fleuve,

la Seine,

il me faut aller à l'impuissance de le pénétrer entièrement. Pour la première fois je peux montrer la modestie de mon sexe, la valeur de mon corps pas séparé de ma tête, la précision de mes mains, la longueur de mes jambes sur celle de ses jambes, cette façon d'éviter de faire de ce corps l'objet de ma toute-puissance.

Alors je quitte la chambre, les yeux clairs.

Et je vous sais gré de bien vouloir me pardonner d'être moi.

Et je vous sais gré de bien vouloir me

faire croire à la grâce de ce corps démuni au bord de vous rejoindre dans cette chambre ouverte sur la Seine.

Et je vous sais gré de le reconnaître.

Ce corps de l'esprit serait le vôtre.

Il n'y aurait pas de différence.

Votre sourire est là, présent là où je peux imaginer votre corps pauvre avec d'autres corps blancs, d'autres corps que le mien, désormais.

C'est ainsi. Il vous faut vous passer de ce corps enfermé, de ce corps disparu, il vous faut continuer à toucher d'autres corps.

Oui mon amour, faites-le, c'est ainsi que vous êtes, de ce sourire entier depuis vos yeux jusqu'à votre sexe d'ange. Je le sais pour vous. Et celle de la plaine de Silésie, que vous venez de laisser dans les draps blancs, le sait aussi.

Elle et moi nous le savons.

Vous savez quoi.

Que vous êtes aimable. Et on vous aime ainsi, pour cet amour-là qui vient de Dieu sait où.

Cet amour qui vous fait par inadvertance advenir un homme qui aime d'autres hommes, d'autres femmes, comme soudain dans le milieu des draps blancs, près du corps blanc de cette femme qui vous fait écrire assis à la table de bois clair dans la chambre ouverte de ce mois de janvier, ouverte sur le ciel, sans moi, moi privée de cette lumière que vous vivez, oui, comme si votre amour devenait visible et offert à celle qui est près de vous, comme si vos yeux étaient tellement ouverts, comme si ainsi, il était inévitable d'aimer les yeux clairs de la plaine de la Silésie, dans cette chambre aux persiennes closes où de l'amour se ferait comme un amour plus grand.

Vous savez tout de moi, comme si vous étiez là avec moi, partout, dans toutes les chambres.

A cet instant je quitte votre regard, comme à cet instant où je suis emportée loin de toutes les saisons, loin de l'air que vous respirez, loin de toutes les amours que vous allez vivre, de tous les autres corps blancs, à cet instant oui, vous m'appelez. Et je ferme les yeux sur votre sourire au bord de pleurer, et j'entends, est-ce vraiment entendre, dans un murmure crié à mon esprit, moi déjà absentée de la chambre noire, à mes yeux clos qui entendent,

pour moi seule,
ce mot définitif,
amour.

Et ainsi mon amour je suis avec vous par ce mot.

Et ainsi mon amour vous êtes mon seul amour et ainsi vous pouvez être dans la chambre aux draps blancs, dans ce corps blanc, ces yeux clairs, et entendre les mots avec ce léger accent venu de la plaine de la Silésie, ainsi je vois le corps nu, intouchable et cependant caressé, ce corps qui se prête à toutes les caresses, ce corps qui reçoit les mains qui le caressent, soudain, oui, je vois votre corps se raidir et appeler la fin de la jouissance et ainsi disparaître dans un baiser qui serait pour de vrai, un seul baiser de tout le corps et de tout l'esprit, jusques y compris votre sexe embrassé dans la bouche de celle qui est avec vous,

à qui vous donnez un autre nom,

oui, faites-le, inventez ce nom, que je puisse voir le pur objet de l'amour.

Et toutes les caresses sur votre visage débarrassé de tristesse, lavé du temps, votre visage entre les mains d'autres mains, la douceur violente de vos yeux, la douceur à fleur de peau, ces yeux au bord de larmes qui pleurent.

Non, ne pleurez pas.

Souriez de vos yeux émerveillés.

J'entends ce que vous dites. Tellement.

Comme si je disparaissais pour vous laisser me parler. Comme si vous écriviez encore ici dans ce monde. Parfois il m'arrive de croire que ce n'est pas moi qui suis dans le lit aux draps blancs, pas moi qui caresse les seins d'enfant de la Silésie, le parfum de la peau.

Je ferais cela seulement dans la chambre de l'écriture.

Vous y êtes à la table de bois clair, la tête reposée de tout, vous qui êtes là,

n'ayez pas peur, ne recommencez pas à avoir peur.

Cette peur revient. Peur de ne pas être à la hauteur des mots, à la hauteur de l'histoire, à la hauteur de l'évidence, à la hauteur du sourire de Jérusalem. Peur de perdre le fil de la filiation avec vous, avec moi, avec elle. Avec Lui.

Oui mon amour, je vois ce que vous dites, cette peur, cette timidité des premières années, peur de déranger, de ne pas être à la bonne place, de ne pas avoir de place du tout, cette façon de reculer et de vous effacer devant les autres, cette prévenance excessive qui vous rend malade, cette peur d'être remarqué qui fait qu'on vous remarque plus que tout autre,

cette manière de vous tenir séparé,

et d'être distingué malgré vous,

par moi lors de l'été au bord de l'Atlantique.

C'est ainsi que vous êtes, sans attribut, à vous-même suffisant, ne voulant pas appartenir au monde, oui, comme réservé.

Un demeuré qui ne veut pas sortir de la maison.

Voilà à quoi vous vous tenez et à quoi vous ne pouvez pas tenir longtemps au risque de vous perdre.

Je vous aime ainsi.

Je vous garde auprès de moi, hors de vous près de moi, encore, dans ce lit aux draps blancs près du corps blanc qui vous prend dans les caresses de votre peau, dans le temps de tout amour. Et ainsi je vous tiens en vie dans la chambre aux persiennes closes avec celle que vous prenez dans cet amour particulier, cet amour qui rejoint l'autre amour.

L'unique amour

Il existe déjà, vous le savez, sinon quoi, quoi de la vie, quoi du soleil de ce jour de ce mois de janvier, quoi de ce ciel bleu, sinon les yeux de Jérusalem, le sourire de l'enfant,

quoi de vous et de Pierre et de Paul et de Jean,

et de Job et de Jérémie et de tous les autres noms, quoi.

Ceci : je vous aime pour que se manifeste l'unique.

Et moi je vous aime pour la même raison, vous voyez. Ce que j'ai vu de la grâce de votre personne est encore davantage ici, dans le monde. Ainsi est retardée votre mort. Ainsi est visible votre sourire plus longtemps. Ce nom de Dieu posé dans vos mains ouvertes.

Ce nom est aussi bien le vôtre, aussi bien le mien, ce nom de tous les noms, de toutes les histoires, de tous les commencements. Rappelez-vous. Un certain été, un certain océan atlantique, un certain sourire quand la porte s'ouvre, le premier baiser sans nom, une certaine lumière dans le ciel.

Et aujourd'hui, en ce jour de ce mois de janvier dans cette chambre ouverte sur le fleuve, ouverte sur le ciel bleu, dans le soleil, oui, je vous vois et je vous dis ceci :

le premier baiser sans nom possible donné les yeux fermés est le même baiser donné maintenant lui aussi les yeux fermés.

Un seul baiser.

Ecoutez encore. Je caresse votre visage, je sens votre front et l'alentour de vos yeux, vos yeux qui ne pleurent plus.

Continuez.

Je vois que vous êtes toujours près de moi, je sens votre corps soudé au mien, deux corps qui respirent ensemble.

Oui, mon amour racontez-moi encore.

C'est tout.

C'est ainsi.

Non, ce n'est pas tout, vous allez rire, vous allez faire ça pour moi, ce rire, votre rire, une fois encore je veux l'entendre. Nous sommes dans la chambre noire, le souffle de votre bouche, je sais que vous êtes là, je sais que le baiser va être donné.

Oui mon amour je le fais ce baiser, et ainsi sur le lit dans cette chambre du silence nos corps et nos âmes reposés ensemble sont transportés dans ce ciel bleu, ce dessin d'enfant.

Ce baiser que nous écrivons.

Et toujours c'est ainsi.
Et alors qu'aucune pensée ne se produit,
et alors que je vous embrasse avec mes mains,
vous êtes là,
de quelle façon,
on ne sait pas bien,
on le sait absolument,
voilà,
vous êtes ici à la façon d'une reine,
à la façon du nom que je vous donne,
à la façon de vous aimer.

Je marche le long du fleuve, le long de la rive gauche du fleuve,

la Seine,

je vais jusqu'au commencement de l'écoulement de l'eau, à contre-courant du mouvement vers l'océan, je marche dans l'air de ce matin de ce mois de janvier, je vais, comme si j'avais oublié l'histoire, je vais d'un pas égal, sans trébucher, sans heurt, la tête portée au-dessus du fleuve. Je regarde ce qui est là devant moi, la lumière, le ciel, les couleurs qui se confondent dans le flot des molécules fluides, je vais jusqu'à l'embouchure du fleuve.

Et puis je vois ceci : une pièce d'eau sans mouvement d'aucune sorte, un lac plat, sans arbre alentour, que l'eau retenue.

Et puis je dis : devant moi il y a le lac de Tibériade.

Je me penche vers l'eau et je vois mon visage dans l'eau. Je fixe l'image de moi et puis je vois aussi un autre visage qui ne serait pas le mien. Je reste ainsi devant le portrait de l'eau.

Avec ma main gauche je touche la surface de l'eau et le visage se défait.

Et puis, je ne sais pas comment se fait le mouvement, il se fait, je le vois se faire : ma main gauche touche mon front et le visage est entièrement recouvert de l'eau de ce lac de Tibériade. L'eau coule depuis le front, passe devant les yeux fermés, vers la bouche qui boit, elle descend dans le cou jusqu'aux pieds, mon corps nu sent l'eau sur la peau tout entier recouvert d'une eau vive, comme s'il pleuvait tout à coup dans le désert de sable.

Et puis j'ouvre les yeux.

Je suis assis au bord de la rive
et ce corps je le reconnais,
il est le corps de l'unique amour.

Quand avez-vous fait ce voyage.

Je vois seulement cette image qui pourrait être moi au bord du lac de Tibériade.

Et encore, dites-moi encore.

Quand je suis dans la chambre, sur ce lit où je repose près d'elle, quand je lui tiens très fort la main,

à ce moment de la vie,

à ce moment où le baiser va se produire, ce déplacement de son visage vers le mien, ce mouvement que je ne vois pas.

Oui, dites-moi.

Il a toujours été fait ce mouvement et je ne le savais pas. Quand votre main a quitté ma main, quand vos yeux ont quitté mes yeux, quand je pose ce baiser-là sur votre front, à cet instant je vois très clairement le périmètre fermé du lac de Tibériade.

C'est moi qui vous appelle désormais : enfant de Dieu.
Je vous désigne ainsi.

Je suis cet enfant.

Comment faites-vous pour continuer ainsi chaque matin, marcher.

Je continue parce que je suis de tous les temps. Parce que je ne peux pas me tenir hors de votre amour, parce que je suis celui qui vous aime ici et là-bas. Parce que je ne sais pas faire autrement.

Vous continuez quoi.

Je continue à ne pas appartenir,
je continue à vous regarder,
vous,
et puis vous aussi.

Je suis et je ne reste pas. Je disparais à moi-même pour continuer quelque chose du sourire de Jérusalem.

Et puis quoi encore.

Et puis j'y reviens, ici, devant la machine, à ne pas savoir quels mots écrire, quels mots réciter, le cœur comme absent, pas le cœur à, rien, pas de cœur, pas de lumière, rien que moi dans cette chambre ouverte vers le ciel du dehors, cette chambre qu'il ne faudrait pas quitter, y demeurer, y insister et puis, oui, ça peut arriver, devant moi, de la lumière nouvelle.

Et quelque chose recommence du sourire de Jérusalem, malgré tout, malgré soi, au-delà des mots, au-delà de toute histoire à raconter.

Je reste ainsi, pauvre,
dans cet état de pauvre.
Etre ainsi.
Et dire : je suis.
Rien de plus, ne rien ajouter,
ne rien chercher.

Amour.
Abba.

Dans le soleil clair de ce mois de février, devant l'eau de la Seine, devant les arbres noirs de ce matin, oui, sans souci, nous savons que rien ne peut arriver à cette histoire d'amour, rien qui puisse contrarier l'apparition du sourire, rien de mal, pas même dans les larmes de la fin de l'après-midi, alors que la lumière bascule vers le noir de la nuit, alors que nous ne savons pas quoi faire de nos âmes attristées.

Et cependant. Il nous aime plus que tout au monde.

Et cependant ne pas dire ça, pas l'écrire, laisser le tout et aller dans le savoir de l'enfant. Comme si, pour vérifier l'amour, il fallait passer par ce point de l'éternité qui se fait.

On pourrait ainsi penser la vérité.

On devrait pouvoir essayer de penser ce qui ne peut pas être entièrement pensé, s'y tenir quelques secondes, le temps de dire la totalité du nom dans le silence.

L'appel vers lui.

Oui. Toujours ainsi, toujours ce regard qui appelle. Dans le vide de la pensée, dans le vide du corps, la joie irrésistible de ne pas savoir.

Sauf prononcer le nom,

sauf découvrir le nom dans la profération répétée.

Ainsi la lumière de ce mois de février, ici, pour vous, dans cette chambre, et vos yeux qui voient la lumière et ainsi le monde.

Amour.

Vous pouvez le dire comme ça, ce mot, il n'y a rien d'autre. Nous n'avons que les mots pour dire ce qu'il ne faut pas dire et le dire cependant.

Ce que nous savons déjà, d'un savoir trop grand.

Ce que nous oublions déjà.

Ce qu'il faut recommencer.

Comme s'il fallait en passer par là, par d'autres amours, par de la vie, comme s'il fallait aussi ne pas s'aimer pour écarter l'évidence de Dieu.

Je regarde devant moi la lente pente blanchie par la gelée de ce matin de ce mois de février. Sur le plan incliné vers la Seine, je vois l'ombre portée des branches hautes et noires, les lignes qui se croisent dans la blancheur de la gelée, les courbes devenir noires comme l'ombre noire dans l'intensité du soleil, une géométrie en mouvement inventée au gré des particules de la lumière.

Je regarde.

Je vois ce matin le bleu du ciel colorer l'eau de la Seine. Le bleu du ciel ainsi fait l'esprit plus libre, incorporé aux particules bleues du ciel bleu. Il est le ciel même.

Comme si c'était ça vivre, cette proximité avec elle, cette couleur, comme s'il y avait à voir, encore, ce qui se présente à soi,

l'emportement dans le bleu.

Comme s'il suffisait d'être là, dans cette chambre et ainsi rejoindre le point central des yeux de Jérusalem. Ce regard qui regarde l'entière lumière du monde jusqu'à ne plus voir.

Il n'y a plus à voir, plus à regarder, plus à aimer.

Il n'y a plus que ça : voir, regarder, aimer, rien d'autre.

Oui mon amour, je veux croire à ces mots que vous dites, croire à toutes les histoires de lumière bleue.

Comment faire pour continuer à regarder devant soi, comment faire pour penser,

comment se tenir dans ce mois de l'hiver,

devant vos yeux ouverts,

si proches,

vos yeux qui veulent me regarder.

Cette tentation que j'ai alors de ne plus voir, de ne plus être vu. Cette tentation du repos.

Cette tentation de ne plus penser, à rien, ni à vous ni aux uns ni aux autres, ni à la lumière, ni au jour ni à la nuit, rien, à penser rien sauf ceci : je sais que je suis parmi vous, avec vous.

Et le soir tard dans la nuit vous allez boire dans les bars, rire, embrasser, pleurer, attendre que le temps passe, comment faire pour toujours être le préféré.

Amour, dites-moi, pourquoi faudrait-il que je sois voué à ça, aimer, pourquoi.

Parce que tout le monde l'est, parce que vous n'échappez pas au sort commun, ici, dans ce temps du monde, cette tentative du rendez-vous. Etre ensemble, se voir, se donner quoi, dans les yeux, dans le temps, l'excès du temps qui nous transporte, comme s'il était possible de penser ce temps infini qui serait autre chose qu'un élément du temps.

Comme si un autre mot, d'ores et déjà, était possible, comme si le mot devenait visible.

Comme s'il était à la portée du regard. Il suffirait de le dire d'une certaine façon, il suffirait de l'écrire d'une certaine façon, il suffirait de l'inventer et ainsi retrouver l'ordinaire de tout amour.

Ce mot pourrait être celui de Mozart, de Rembrandt, le mot dans les grottes anciennes, le chant murmuré, la pierre de Notre-Dame de Paris, ce mot qui appelle depuis le commencement jusqu'à ici, ce mot crié partout dans le monde.

Je vous prie de croire.

Je vous prie de croire que je vous aime.

Je vous prie de croire que vous m'aimez.

Je vous prie.

La lumière du monde en ce jour de ce mois de février dans cette chambre ouverte sur la pluie. Je ne peux pas faire autrement, être toujours avec vous, veiller sur vous, prendre soin.

Un amour entier qui ne finirait pas, un amour plus que tout au monde l'amour.

Oui, c'est ça.

Jusqu'à la suppression de tout amour.

Jusqu'à la disparition de toute prière.

Parfois le mot apparaît.
Ce mot qui donne la joie.

Alors je peux sortir de la chambre et aller dehors et faire bouger les jambes et laisser la tête être portée, le long du fleuve, entendre la rumeur du mouvement de l'eau qui ne cesse de couler vers l'océan atlantique, et entendre aussi les oiseaux, les hirondelles qui vont venir, elles sont déjà sur le chemin.

Ainsi je vais dehors par tous les temps, le corps dans le seul mouvement de la marche, ces pas l'un après l'autre, on avance, on va et parfois on croit pouvoir aller sans s'arrêter, loin, les yeux ouverts dans le mouvement de la lumière, les couleurs de l'air. Je marche à en perdre la tête, à en perdre tous les noms, tous les mots écrits, tous les visages, tous les amours.

A en perdre l'amour.
A en perdre l'idée même de penser à.

A se laisser aller ainsi le long du bord de l'eau, à ignorer la marche se faire, à ignorer le transport vers l'Ouest.
La lumière du soleil descend jusqu'au fleuve et on oublie toute histoire.

Et puis.

Et puis j'y arrive, j'arrive au bord de la terre et devant moi l'océan, le ciel reflété dans l'eau.
J'arrête de marcher, je suis debout, je vois les milliards et les milliards d'éclats de la lumière, et je dis : je vais compter chacun d'entre eux, jusqu'à ne plus pouvoir, jusqu'au moment où les yeux vont se fermer, cette fatigue qui fait s'endormir,

vous voyez, un peu à la manière de vous aux yeux si clairs quand ils s'endorment dans le lit aux draps blancs, oui, je compte les particules de l'air.

Je me tiens là au bord de la terre.

Il se peut que passe un oiseau de mer, il se peut que je veuille suivre la trajectoire de l'oiseau, que je sois distrait par le battement des ailes et ainsi oublier de compter et ainsi être obligé de repartir, oui, il se peut aussi que je me retourne complètement pour suivre le mouvement du vol de l'oiseau qui se dirige vers la terre.

Et je le fais, je regarde vers le continent de la terre, je me tiens ainsi contre l'eau et je vois que vous êtes là, je vois votre sourire, je vois votre visage comme composé de plusieurs visages.

Je ne vois plus le vol de l'oiseau de mer, je ne vois que vous.

Et je reviens dans la chambre assis à cette table de bois clair, je tape sur cette machine à clavier blanc. Vous que je croyais loin, perdue vers d'autres ciels, vous êtes là, toujours, tandis que je suis ici.

Ces mots, autour d'autres mots.

Je reconnais tout, et aussi cette façon de vous tenir en vie.

Libre de toute histoire, libre de penser à rien, seul avec les mots, avec cette activité apparemment nécessaire et apparemment vaine. Comme s'il fallait recopier beaucoup de mots pour approcher l'ordre de Dieu, comme s'il fallait en passer par là, aimer chaque visage devant soi, encore davantage, emporter toutes les images de la divinité des hommes, des femmes, des enfants, des bons et des méchants, de tous ceux qui ont oublié l'idée même.

Oui, c'est ça.

On ne sait pas comment le dire, comment l'écrire, on ne sait pas comment se tenir dans le monde avec ça. Et alors, on a envie de tout laisser là, de se laisser, de laisser les mots, l'histoire, le temps de l'histoire dans le temps de nos vies.

Ça arrive.

On a envie de fermer les yeux.

On a envie de rester immobile, allongé sur le lit aux draps blancs, le corps reposé, la tête tranquille,

rien, comme ça, rien,

tout va bien mon amour,

tout est bien,

le premier mot est sur le point de venir

frapper notre cœur et ainsi tous les cœurs connus et inconnus de nous.

Abba.
Amour.
La lumière de tous les jours.
La lumière de chaque jour, de chaque nuit.
Le soleil et la lune et toutes les étoiles de chaque jour, de chaque nuit.
Les changements de la lumière, comme si dans le présent même de la couleur de la lumière, déjà, ce présent se révélait.

Ce serait quoi
ce présent à peine présent, cette lumière instantanée.

Ce serait.
La vérité manifestée en ce point de notre amour. Ou, autrement dit : de l'amour.

Oui, je crois que je peux dire ce que vous dites.

Je sais que vous êtes là, je sais que vos yeux fermés regardent les choses du monde et moi dans la lumière du monde.

Nous sommes dans la clarté de ce jour ce mois de février, dans cette chambre ouverte sur le soleil de ce jour, ouverte sur le ciel bleu, vraiment bleu, ouverte dans le monde qui nous fait être ensemble, les yeux clos, chacun posé sur le lit aux draps blancs, on regarde la lumière,

vous voyez.

La lumière, oui.

Et ainsi on serait plus proche de Celui qui nous aime, et ainsi on se laisse aller simplement à la douceur de l'air bleu, cette caresse de l'air de ce matin d'hiver, et ainsi toutes les larmes disparues.

Oui, je crois apercevoir ce que vous dites, ce que vous ne pouvez pas dire entièrement faute de franchir la mesure des mots, la mesure de l'ordre du monde, la mesure de la pensée.

Restez étendu sur le lit aux draps blancs, dans cette chambre, ne faites aucun effort,

rien,

sinon vous pouvez quitter la chambre et aller aux bords du monde. Et moi je ne veux pas. Je veux, vous, ici, avec moi, parmi tous les autres, mon amour.

C'est ainsi qu'il plaît à Dieu.

Oui, c'est ainsi, dans l'obéissance à l'ordre du monde et à l'ordre des mots. A chaque histoire racontée, écrite au plus près de la vérité, je le sais mieux maintenant dans ce repos où je me tiens.

Je suis comme encore avec vous certaines fois dans l'automobile noire sur les routes de l'Ile-de-France vers Senlis, vers la forêt de Fontainebleau, dans cette lumière entre les arbres, certains rais de lumière entre les arbres dessinés au crayon, je suis comme si vous étiez là avec moi.

Je suis avec vous mon amour, on file sur les routes, for ever oui, souriez encore, dites ces mots ordinaires, ces trois notes, comme si tous les mots avaient été faits pour ça : ce chant murmuré sur toutes les routes du monde.

Dites-moi, où est-elle, celle que vous approchez dans une peur qui ne vous quitte pas, une peur qui vous tient en l'état de rire, un rire d'enfant devant un effort trop grand et qui ne sait comment faire, débordé par ce qui se présente à lui. Ces yeux clairs de la plaine de la Silésie qui vous regardent tant, que vous regardez tant, ce corps offert à votre corps qui s'offre difficilement, qui s'offre.

Elle est là, près de moi, nue allongée près de moi nu sur le drap blanc. Elle fume une longue cigarette. Elle dit ne pas avoir peur, elle dit qu'elle ne demande rien, que cette présence nue près d'elle.

Et puis elle vous dit ceci : votre corps est à la dimension de vos yeux, du regard de vos yeux. Elle dit que c'est la même chose.

Elle le dit.

Et puis, tandis qu'elle continue de fumer, elle caresse vos cheveux et elle pose ses lèvres sur vos lèvres.

Oui, je vois ce rapprochement de tant de blondeur comme au premier jour de la création.

Et ainsi vous êtes un homme parmi les hommes.

Ainsi je suis.

Quand elle vous dit sans dire, venez, ce silence entendu, venez.

Quand je viens ainsi, quand je laisse venir cet amour qui est là,

aussi loin qu'il peut aller, au plus près.

Et ainsi vous êtes le préféré partout et pour tout. Et ainsi on vous enferme pour vous tenir là. On a peur à tout moment que vous partiez, que vous quittiez ce monde, comme si vous étiez déjà, dès longtemps, au bord de tout laisser, de tout quitter. Et moi, et elle, et tous les autres et tous les sourires. On se demande qui vous êtes, alors on vous garde, on vous oblige à rester, ici, avec nous. Et très vite vous vous laissez faire et très vite vous vous laissez aimer, et très vite vous oubliez.

Et très vite continue l'histoire.

Et ainsi l'histoire recommence.

Je ne pars pas.

Je reste.

Comme une prescription qui m'aurait été faite.

Ainsi vous allez là où vous avez peur.

Oui, ainsi j'aime.

C'est ce que je crois, et encore davantage, là où je suis, vous êtes dans un état immuable, comme si la mort ne pouvait pas vous atteindre. Je vois mieux ce que j'ai vu autour de vos yeux, les espaces qui font vos yeux assombris, comme pour me faire rester auprès de vous en ce jour de soleil de ce mois de février. Dans cette chambre ouverte sur ce ciel uniformément bleu, et ainsi me faire avec vous inséparable.

Et ainsi nous allons dans le présent de la présence, le tout de vous, le tout de moi, et dans l'irrémédiable séparation déjà visible depuis le premier jour.

Et puis ce mot apparaît, ce mot reconnu dès lors qu'on se regarde en la vérité. Je crois encore possible de le vivre, de l'écrire une fois. Nous pourrions dans le souffle même le prononcer entièrement.

Ce silence.

Oui, à partir d'un silence premier, le mot dans ce silence même.

Il serait dit.

Il serait entendu et par vous et par moi et par tous les autres qui le voudraient bien.

Et alors quoi arrive.

Il arriverait ceci : tous les regards regardent le silence. Et un même cœur existe.

Voyez. Ce transport de grâce.

Je ne sais pas le dire autrement, le mot transport me plaît infiniment.

Ecrivez-le, n'ayez pas peur de ce mot.

Et j'ajoute. La cause de tout mouvement, de tout transport, provient de Dieu.

Et encore. Il est dit qu'il faut ce mouvement régulier, du transport de soi à soi et de soi aux autres et à vous. Qu'il faut aller et venir, faire quelque chose, cette vie.

Et parfois on n'y arrive pas, pas du tout et parfois on est éloigné de Dieu. Les aléas du mouvement du mal nous font aller vers la tentation de déserter. C'est ce qui fait douter de toute pensée, de tout amour. Et c'est ce que Jésus a vu au moment de l'agonie.

Jusqu'à en mourir.

Il voit ceci. Sans fin il faut aux hommes une confirmation de l'amour, sans répit dire je vous aime, et il faut sans fin les ramener de l'éloignement, et sans fin recommencer le sacrifice.

Et il pleure face à l'étendue du travail de l'amour à faire pour chacun d'entre nous à chaque instant.

Comme si c'était accompli une fois pour toutes et pour tous et pour tous les temps et qu'il faut cependant laisser se continuer l'agonie.

Pourquoi.

Un homme, un seul, serait en retard, seul, abandonné.

Et cela il ne le supporte pas, et cela il ne le veut pas, et ainsi il continue de vivre et de mourir, et ainsi il recommence la même passion, avec une patience sans nom, au nom de Dieu.

Comme si voir le bleu du ciel en ce matin de ce mois de février et voir le soleil ne suffisait pas. Comme si aller à la mesure de son pas ne suffisait pas. Comme si être à la bonne heure et avec soi et avec les autres et avec le monde dans le monde était la chose la plus difficile, la chose qui ferait le plus peur.

Pourquoi.

Comme si sans cette peur on avait peur d'être dépourvu de toute pensée, d'être ainsi pauvre de toute humanité.

Oui, comme si la proximité d'avec Dieu était intenable.

On ne saurait pas comment faire.

Avec tant d'amour.

On ne sait pas.

A cet endroit où il n'y aurait plus rien à penser, plus rien à aimer, comme parfois il est fait dans l'instant du croisement des regards.

C'est là que tout commence.

C'est déjà commencé.

Ce sourire qui voit le regard de celui qui le regarde.

Et aujourd'hui advient toute l'éternité entièrement éternelle.

Il veut dire quoi, ce mot.

Il veut dire simplement qu'il n'y a que du présent. Le temps de l'éternité est le présent de vous, de moi, de tous, ce point en commun des yeux.

Et quand je regarde Balthazar,

et quand je regarde les oiseaux chanter dans ce matin clair de ce mois de mars depuis cette chambre ouverte sur la Seine, et quand je pense à vous, à ce regard rieur,

et quand je vous embrasse,

et quand vous m'embrassez

c'est l'éternité, ce mot en train de s'accomplir.

Souvent on ne comprend pas, souvent on est éloigné de Lui. Souvent on ne sait pas comment faire. Souvent on ne sourit pas. Souvent le mal existe. Souvent le mal est fait et souvent Balthazar a peur. Souvent le crime. Souvent les étoiles jaunes. Et les yeux de Jérusalem pleurent. Et moi je ne sais pas comment effacer les larmes. Oui, souvent, ça recommence, le meurtre.

Et pourtant le mot de l'éternité.

Et pourtant, dès aujourd'hui, il existe.

La permanence du présent de l'éternité.

Amour.
Abba.

Le printemps va venir. Il est déjà là. Peut-être ne rien dire, ne pas écrire, écrire des histoires simples, des histoires ordinaires, peut-être avoir l'humilité de se détourner de l'idée du mot et accéder à quelque chose de plus élémentaire, comme une fantaisie, un chant léger et souple.

Peut-être faut-il renoncer à l'intelligence seule.

Ou occuper l'intelligence seulement à voir le lever et le coucher de la lumière, les modifications de la couleur dans le cours d'une seule journée.

Le bleu.

S'y tenir au lieu d'être dans l'impatience. Comme si vous vouliez avoir fini dès le commencement, en finir le plus vite possible, passer à autre chose, à rien.

Je suis ici, assis à la table de bois clair, et autour de moi la chambre ouverte sur les arbres noirs de ce mois de mars dans un ciel gris-bleu, au bord de ce fleuve qui traverse l'Ile-de-France. Et je me demande quoi faire de tout ce temps des jours et des nuits, de ce printemps qui vient, et de l'été à venir, et puis de toutes les autres saisons encore et encore.

Parfois je suis transporté dans une sorte de présent continu,

et un vertige,

une désorientation générale,

comme si l'absolu présent se défaisait et me portait loin de moi, loin de vous, loin des yeux fermés, loin des yeux de Jérusalem, comme si je me perdais, alors qu'il faudrait ne pas quitter ce point du présent, y demeurer jusqu'au moment du silence accompli.

Et alors.

Alors on aperçoit dans le silence instauré, à partir d'un mot simple autre chose que ce que dit le mot.

Une invention.

Oui, comme une invention inconnue et immédiatement reconnue, l'invention du mot imprononçable depuis toujours.

Ne dites pas davantage.

J'ai peur d'être enfermé avec ce mot inventé, cet amour inventé.

Alors je quitte la chambre, cette table, la machine à écrire. Je sors.

Oui, allez dehors, allez dans l'air du matin de ce mois de mars, marchez, trouvez la bonne mesure de vos pas, regardez devant vous, ne vous inquiétez de rien, le chemin s'ouvre devant vous, il est le fleuve, suivez le tracé, vous ne pouvez pas vous perdre, vous allez quelque part nécessairement, le fleuve est là depuis longtemps, depuis avant vous, depuis avant moi, avant tout le monde dans le monde, c'est une voie ancienne, suivez les courbures de l'eau rassemblée.

Mon amour.

Et très vite tandis que vous marchez avec l'ensemble de votre corps, votre visage en son entier invente le rendez-vous à venir.

Et puis.

Et puis qu'est-ce qui arrive.

Et puis rien mon amour, rien que ce sourire adressé à la lumière qui est là, vous ici dans le monde, c'est simple, tellement, faites-le, je vous en supplie. Et puis vous reviendrez dans la chambre claire et puis vous recommencerez à aller dehors, quand il vous plaît, vous n'êtes tenu à rien, ne cherchez pas autre chose.

Vous dites que le salut est absolu.

Je ne dis rien. Je vois ceci : vous allez le long des fleuves du monde, ainsi je ne vous perds pas de vue. Et il se peut que nos regards se joignent en un seul point de lumière.

Oui, nous irons ensemble dans le tracé du chemin. Légers comme le poids de trois plumes de cygne.

Et elle ne cesserait pas cette promenade le long de la courbure du fleuve.

Non, il y a toujours à voir, de nouvelles lumières, des modifications de la lumière, des couleurs anciennes et nouvelles, des agencements différents. Et puis une clarté soudaine, un éblouissement. Alors on cesse de marcher, on regarde devant soi cette blancheur blanche, ce voile transparent qui s'offre à nos yeux ouverts.

Et puis ça cesse.

La blancheur se mêle à nouveau à la lumière ordinaire du temps et nous fermons les yeux et nous continuons d'avancer.

Et puis que peut-il arriver.

Je ne sais pas. Je me demande si même vous existez, vous, la si jeune disparue aux yeux fermés, la très jeune âme désormais donnée à l'éternité de son propre nom.

Oui, parfois, comme aujourd'hui, en cet instant de ce matin du mois de mars, ici, dans cette chambre, parfois je crois qu'il conviendrait de vous laisser, vous et elle, de me laisser, de tout laisser ainsi, rien faire, laisser les mots, et tout et tout.

Vous iriez jusque-là, jusqu'à dire.

Quoi ?

Que tout amour, tout amour.

Il m'arrive de ne plus rien comprendre, plus rien voir et ainsi rester étendu sur le lit aux draps blancs, les yeux fermés, de longues heures.

C'est ce que vous faites. Rester sur la fraîcheur des draps, le temps qu'il faut pour vous reposer de la lumière.

Oui, restez ainsi à fumer une cigarette. La respiration se fait plus régulière, votre corps lentement se détend jusqu'au point de s'endormir. La fumée vous fait tant de bien.

Et puis vous ouvrez les yeux : la lumière est là devant vous et en vous.

Je vous regarde.

Je vous aime ainsi, dans ce temps du repos qui rejoint l'activité calme d'une pensée sans objet, où personne encore n'est nommé, ce moment de l'éveil où vos yeux comprennent le tout du monde, ce moment de l'emportement dès maintenant vers l'éternité d'un sourire, ce livre par excellence où vous trouvez votre place, ce livre où il est écrit

Amour.
Abba.

Je suis ici, dans le soleil du printemps et je ne veux pas savoir ce que vous dites. Je veux rester ici, jouer, faire les jeux des enfants, les cubes à assembler, le coloriage, les perles de toutes les couleurs pour les bracelets, les colliers, les bagues, jouer à la marelle avec mes sœurs, je veux rester et manger des coquillettes-jambon, courir dans la cour, rester seul assis sur le banc, attendre qu'on vienne me chercher, qu'elle vienne, qu'elle me donne un pain au chocolat enveloppé dans un papier de soie, me laisser prendre la main, aller ainsi, alors que le mot amour n'est pas prononcé, alors que le mot est ignoré, alors qu'il existe entièrement dès qu'elle apparaît avec ce sourire offert à cet enfant préféré.

Oui, je veux seulement cela, être avec vous,

avec chacune, avec chacun,

avec vous là, avec vous ici,

dans ce temps d'une coïncidence heureuse, dans ce temps de la consolation pour toutes les larmes advenues et les larmes à venir, inévitables.

Cet amour facile à tel point.

Ce corps qui est le mien donné dans la joie excessive d'être ici, avec vous.

Avec vous et cependant pas.

Seul parmi. Des milliers.

Des milliers de baisers, encore et encore, des fleurs par milliers, des lettres par centaines, des sourires, de la vérité immédiate, des caresses sur le front. Ce geste répété des milliers de fois, pendant tout le temps ici. Comme si à la fin des fins tout est clair, visible, comme si tout est à la portée de nos yeux qui regardent la splendeur du ciel et de la terre. Oui, comme si on allait une fois pour toutes comprendre le verbe de la phrase.

Je vous aime plus que tout au monde.

Oui, répétez-le encore, dites-le-moi encore, que cela fasse un seul son accordé.

Toutes les larmes du monde.

Toutes les larmes du corps du monde.

Toutes les joies du monde.

Toute la joie du corps du monde.

Et vous, votre corps blanc à crier, vos yeux clairs à dix-huit ans, votre sexe ouvert au plaisir confondu à l'amour dans la chambre aux persiennes closes, oui, et signer ainsi la rencontre entre le corps et l'esprit.

Et moi, ainsi, avec vous dans cette chambre, y participent et mon corps et le sexe de mon corps vers ce qu'il ne peut rejoindre, et cependant vers ce qu'il fait, jusqu'au point visible de l'amour.

Plus que tout au monde.

Oui, et plus encore.

Comme s'il fallait tenter de faire l'intégralité de l'amour, comme s'il fallait en passer par ces deux corps animés,
comme s'il fallait rien abandonner,
comme s'il fallait pas attendre,
comme s'il fallait tout oublier,
rire et embrasser, faire que ça,
comme s'il fallait pas être seul,
se perdre, advenir,
comme s'il fallait comme s'il fallait.

Et puis très vite, je ne sais pas comment poursuivre, comment faire pour passer hors de la chambre, laisser le corps blanc de la Silésie, comment défaire le rendez-vous.

Je vous dis ceci : ne cherchez pas de lien entre ceci et cela, entre elle et vous, entre vous et moi et les autres, ne cherchez pas, non, ce lien est là, il ne se défait que provisoirement. Continuez à écrire comme vous le faites, tout va bien ensemble, tous les mots, ne prêtez pas attention aux lois apparentes de l'enchaînement des mots, continuez dans ce désordre qui n'existe pas.

Il n'existe que l'ordre de la vérité.

Et plus encore : l'ordre, la vérité.

Et ainsi je peux vous dire : j'aime beaucoup, vraiment beaucoup les fleurs de l'amandier. Les fleurs de cet arbre sont ce qu'il y a de plus beau au monde, je peux dire ça.

Oui mon amour, vous pouvez le dire, l'écrire,
faites comme il vous plaît,
selon vous seul,
essayez de rester ainsi parmi le monde, à l'heure du monde,
avec moi, avec elle, avec Lui,
avec tous les autres,
avec tous les premiers venus,
tous les sourires de Jérusalem,
occupez ainsi le temps dans la lumière du monde.

Je continue : j'aime les fleurs de l'amandier et aussi les amandes.

Les gâteaux aux amandes.

A la folie j'aime la blancheur de nacre de l'amande, la dureté de l'amande qui s'ouvre dans la bouche et ce goût qui persiste longtemps après, le palais parfumé d'une fraîcheur à peine sucrée.

Oui mon amour, tous les amandiers,
toutes les amandes pour vous,
tous les gâteaux,
des brassées de fleurs pour vous mon amour,
je vous aime ainsi en paix dans la quiétude des amandiers en fleur.

Je suis ici dans le soleil de ce mois de mars qui éclaire le ciel bleu et la chambre ouverte sur ce soleil et ce fleuve de l'Ile-de-France,

la Seine,

assis à la table de bois clair, devant cette machine à écrire, devant les mots tapés sur la feuille blanche,

ici je suis,

oui,

bien heureux, avec toutes ces fleurs que vous me donnez.

Amour.

Et après, après le mot amour, quoi.

Après n'existe pas.
On ne peut pas penser après.
On ne peut pas penser après l'éternité,
après le temps présent, rien.

Alors nous restons ici. Oui. On reste. On demeure. On insiste. On répète l'amour. On répète le sourire. Davantage de lumière devant nos yeux, davantage on essaie de voir.

On va dans toutes les saisons qui se présentent à nous,

le printemps
l'été
l'automne
l'hiver,

et toutes les étoiles et toutes les lunes et tous les ciels en mouvement.

On fait seulement cela. On continue d'accomplir l'accomplissement.

Dans l'amour, oui, on y est, oui, on est.

Et parfois aussi on ne le sait plus, on oublie, on voit le mal qui se fait, seulement la mort, des corps morts, alors on veut aussi mourir pour ne plus voir la mort, les enfants assassinés, parfois on voit l'intelligence s'obscurcir et il se pourrait qu'elle le soit durablement.

Parfois Dieu est complètement seul.

Parfois il ne sait plus comment faire, il est découragé et il se demande pourquoi il se donne un fils. Parfois il va jusque-là, jusqu'à ne plus comprendre pourquoi il est.

Parfois seulement.

Abba.

Il en pleure.
Il pleure toutes les larmes de son âme de Dieu.

Il pleure de ne plus comprendre la seule humanité des hommes, cette naïveté de s'éloigner de Lui, ne pas aimer, ne plus savoir comment, oublier la lumière et comment elle éclaire.
Alors mon corps est uniquement composé de cailloux.
Et alors je me cache.
Et alors je ne veux pas voir ça.
Et alors je recouvre ma tête du drap blanc et je ne bouge plus.
J'attends.
J'attends que les larmes cessent.
J'attends la fin de l'agonie.
Et je sais qu'il en est ainsi. Le monde est fait pour que les larmes puissent couler et couler encore.
Des larmes qui ne consolent pas.
Des larmes d'une nature divine pourrait-on dire et qui finissent de blanchir quelque chose de l'esprit.

Et alors le sourire de la première fois apparaît encore. Et alors quoi.

Quoi, la vie.
Quoi, les larmes en moins.
Quoi, la mort repoussée.
Quoi, la souffrance en retrait.

Quoi encore de la vie.

La joie.
Les amandiers sont en fleur et bientôt les amandes sont dans la bouche, ce goût à peine sucré jusque dans ma bouche, la fraîcheur du premier jour.

Et je ne suis jamais seul à marcher le long du fleuve, jamais seul à m'émerveiller devant ceci ou cela, jamais seul devant ce jaillissement brusque et doux qui se produit. Jamais seul devant un mot, puisque c'est moi qui suis dans le monde et vous avec moi, puisque c'est moi qui vous regarde et vous qui me regardez, et tandis que je vous oublie je suis encore avec vous, et tandis que je vous oublie vous me laissez vous oublier.

Vous me voyez dans les caresses d'un autre corps que le vôtre, vous me voyez dans une vie différente et cependant pas étrangère.

Je comprends, je lis très bien les mots tapés sur la feuille blanche, les trois doigts sur le clavier, je connais, de tout mon cœur.

Et ainsi on pourrait s'aimer encore longtemps, peut-être toujours, dans ce temps qui ne finit pas, ce temps d'un rire inventé.

Aller vers le livre toujours.

A écrire, à lire, on finit par y croire à l'histoire et on dit : il n'y a que ça de vrai.

Depuis le temps, on le sait.

On sait qu'il faut se taire.

On sait ce qu'il fait, Lui, pour nous, malgré nous, tant d'amour. Et pourtant il faut comme oublier, et pourtant il faut comme s'éloigner du mot imprononçable.

Et aller et venir dans le monde, le long des fleuves du monde, dans les allées du monde, les pas perdus, l'excès des fleurs des amandiers, les lumières du jour et de la nuit, les histoires d'amour.

Les désirs de corps, les femmes, les hommes, oui, tout ça, la vie, sourire au premier venu, boire jusqu'à ne plus savoir ce qu'on fait ici, et puis y revenir, au matin, la tête perdue et consolée, se coucher des heures entières dans le lit aux draps blancs, attendre que la paix revienne.

Et ce serait ainsi penser à Dieu.

Ce serait penser.
La pensée.
Ecrire le mot.

Ecrire un mot, le répéter et puis le chanter peut-être. La voix invente un air, le plus simple, le plus élémentaire, le plus pauvre, elle nous oblige à y revenir, à en faire une sorte de rengaine bonne à tous les usages, à toutes les peines, à toutes les joies, à tous les amours, à toutes les prières.

Un air de rien, reconnaissable entre mille.

Je vous aime plus que tout au monde.

Oui, quelque chose comme ça.

Aimer plus que tout au monde.
Tout au monde je vous aime.
Dans le monde ici et maintenant.
Au monde je vous aime.

Oui, on peut essayer.

Des variations à n'en plus finir en suivant la direction indiquée par la ligne du fleuve, et l'air viendrait dans nos têtes enchantées.

Je suis le bien-aimé,
et aussi votre très dévoué serviteur, je vous prie de bien vouloir me croire.

Oui, je le crois.

Amour.
Abba.

Décembre 1999 — Avril 2000

Post-scriptum.

Et les roses mon amour, elles sont là dans le parc, dites-moi.

Non. Pas encore. Pas encore écloses. Pas encore dans leur splendeur ouverte.

Alors quoi. Que voyez-vous, là où vous êtes, cette fameuse chambre, dites-nous encore quelque chose.

Je vois ce que vous connaissez par cœur, ce qui ne peut être oublié,

les iris bleu sombre, presque noirs,

et sur le bord du fleuve, dans l'herbe, les boutons d'or et les hirondelles sont là, elles sont arrivées de leur pays lointain, d'un seul trait. Elles ne se trompent jamais, elles vont là où elles doivent aller, comme une nécessité divine.

Oui, on les adore ainsi, ce vol maladroit, comme un tout petit enfant qui commence à marcher, ce corps menu qui va au travers des vents.

Et ceci qui va vous plaire : la glycine est en fleur et à la tombée du jour le parfum se fait plus délicat encore.

Et ceci encore : la lumière était si claire que vos yeux

Du même auteur :

M. D. (Minuit, 1983).
Cet amour-là (Pauvert, 1999).

Composition réalisée par JOUVE

IMPRIMÉ EN ESPAGNE PAR LIBERDUPLEX
Barcelone
Dépôt légal Editeur : 34298-06/2003
LIBRAIRIE GÉNÉRALE FRANÇAISE - 43, quai de Grenelle - 75015 Paris.
ISBN : 2 - 253 - 15487 - 3

31/5487/9